La marraine
de guerre

Catherine Cuenca

Catherine Cuenca est née en 1982 et a commencé à écrire dès l'âge de huit ans. En 1998, elle publie un recueil de nouvelles chez un éditeur lyonnais. *La Marraine de guerre* est son premier roman. Elle en a publié d'autres depuis, et se consacre désormais pleinement à l'écriture.

CATHERINE CUENCA

La marraine de guerre

© Hachette Livre, 2001, 2002.

1

Novembre 1916

Étienne regarde les tranchées allemandes deux cents mètres devant lui. Elles sont obscures, silencieuses. Seule une petite flamme voltige entre les fils barbelés et les sacs de sable ; sans doute une sentinelle qui fait sa tournée, la pipe vissée au coin de la bouche. De temps en temps une pivoine rouge fleurit au milieu des piquets antichars, illumine un instant le ciel nocturne chargé de nuages, puis se fane dans un dernier crépitement violâtre. « Quelle heure peut-il être ? » se demande Étienne. Autour de lui, tout semble figé. Le canon de la mitrailleuse désigne la tranchée ennemie de sa gueule béante et inerte : est-ce vraiment dans cette direction que je devrai envoyer mes balles, pour abattre tant d'hommes innocents ? « Oui, il le faudra », pense Étienne. Pourquoi ? Parce que sinon, c'est moi qui mourrai. Pourquoi ne pas mourir ? Parce que l'espoir idiot me tient que la guerre finira un jour et que je pourrai encore profiter de la vie. Étienne sautille sur place pour se réchauffer. Cette nuit de novembre 1916 est froide.

Il voit son camarade Gaspard revenir du coin où il est allé se soulager.

« Hein qu'on se sent mieux après ?

— C'est sûr, petit. Dis donc, t'as du tabac ? »

Étienne lui donne le peu qu'il lui reste et regarde son camarade bourrer tranquillement sa pipe. Célibataire, grande gueule, barbe en broussaille et gestes brusques, Gaspard a trente-cinq ans. C'est le plus vieux soldat du bataillon, et c'est pourquoi il se permet d'appeler ses camarades « petit », surtout Étienne qui n'a que vingt-deux ans. Ses yeux brillent de malice quand il demande :

« Alors, petit, comment va ta dulcinée ?

— Ma dulcinée ? » sursaute Étienne. Il regarde Gaspard qui, adossé au remblai de la tranchée, les mains dans les poches de sa vareuse, fume sa pipe avec délectation.

« J'attends de ses nouvelles ; je suppose qu'elle va bien.

— Hum, marmonne Gaspard. Mais tu lui as jamais rendu visite, je crois ?

— Non, répond péniblement Étienne, le nez baissé. Je... Je ne vois pas comment la chose serait possible. »

Gaspard éclate de rire.

« Eh petit, les marraines de guerre[1], ça reste des femmes. Elles attendent que ça, d'ailleurs. Propose-lui un rendez-vous, tu verras qu'elle ne dira pas non.

— Parce que tu crois que ce sont toutes des marie-couche-toi-là, réplique Étienne ; moi, cette femme, je la respecte. Si tu lisais ses lettres... Ce n'est certainement pas une gourde, elle est très intelligente... »

Étienne a serré les poings. Depuis deux ans, ses camarades le charrient à propos de cette femme qu'il n'a jamais vue, et qui lui a offert son affection sans le connaître. Et surtout, à qui il écrit de

---

1. C'était une femme ou une jeune fille qui entreprenait d'« adopter » un soldat, c'est-à-dire de correspondre avec lui, de lui envoyer des colis... Durant la guerre de 14-18, en remède au prolongement du conflit, l'État avait encouragé cette pratique qui maintenait le moral des soldats.

longues lettres, les sourcils froncés et la bouche tordue par la concentration, à la lumière vacillante de la chandelle, jusqu'à une heure avancée de la nuit. Qu'on se moque de lui, d'accord, mais qu'on l'insulte, elle, ça non !

« C'est bon, c'est bon, petit, l'interrompt Gaspard, redevenu sérieux. Je comprends que tu y tiennes, à ta marraine. Alors justement, pourquoi ne pas la rencontrer ? »

Étienne ne répond pas. Depuis quelques minutes, un bruit de canonnade résonne au lointain. Il lui semble qu'insensiblement elle se rapproche. Il veut en parler à Gaspard, mais celui-ci se tourne vers lui, l'air préoccupé.

« Dis donc, petit, tu sens pas une drôle d'odeur ?
— C'est peut-être ta pisse qui se ramène vers nous !
— Te fous pas de ma gueule ! »

Accroupi contre la mitrailleuse, Gaspard renifle avec attention, les narines dilatées.

« Et si c'étaient des gaz ? » hasarde Étienne.

Déjà, il voit le poison sournois s'infiltrer dans ses narines, emplir ses poumons et commencer à les ronger. Retenant son souffle, il fouille dans sa musette, à la recherche de son masque. Mais son camarade a saisi son fusil et, silencieusement, met en joue quelque chose derrière lui : au niveau de son épaule, juste au-dessous des sacs de sable qui protègent la tranchée des tirs ennemis, une main blanche, sans ongles, une main de cadavre pourrissant pend, immobile, vers le sol.

« Putain, un macchabée ! crie Gaspard, soulagé. Alors, connard, on veut partager la conversation des copains ? »

Il gratte la terre, cherche à faire rentrer le membre mort dans sa tombe de fortune, mais ne réussit qu'à l'en dégager davantage. Étienne débarrasse alors le parapet de quelques sacs de sable dont ils emplissent tant bien que mal le trou.

« Ça, c'était un peu fort ! grogne Gaspard, la besogne terminée. Il nous aime, ce con... »

La découverte du mort, sans doute un ancien camarade, a plongé les deux hommes dans leurs pensées. En silence, ils reprennent leur position. Étienne scrute le ciel. La canonnade a cessé. En face, dans la tranchée allemande, la sentinelle a disparu. Tout est noir et désert. Avec un frisson, il réalise une fois de plus que la mort est leur compagne de chaque instant. On sent les cadavres, on voit les cadavres, on piétine les cadavres à longueur de journée, avant de devenir soi-même cadavre. « Cesse de penser à ça. Pense plutôt à elle. Elle doit dormir en ce moment, et peut-être rêver de toi... Non, c'est ridicule. Tu ne vas pas te mettre à parler comme Gaspard. Et pourtant, je serais curieux de savoir à quoi elle ressemble. » Étienne sent sa poitrine se dilater. Il oublie le froid, la tranchée, Gaspard, la mort qui les guette. Sa marraine le serre contre elle, l'embrasse. Il est heureux, il se sait aimé, enfin. La voix bourrue de Gaspard le ramène à la réalité.

« Tiens, voilà la relève ! »

Deux camarades les rejoignent en traînant les pieds, les yeux bouffis de sommeil. Par prudence, Étienne les met au courant de la canonnade, puis il emboîte le pas à Gaspard, qui regagne précipitamment leur abri. Il est trois heures du matin.

Étienne s'allonge sur sa paillasse sans ôter ses godillots, vérifie que son masque à gaz est bien à portée de main – toujours cette peur de ne pas se réveiller à temps... Il a besoin de se savoir prêt à bondir, prêt à se défendre. Puis il essaie de s'endormir, vite, parce que le sommeil, trop rare, est trop précieux, et aussi parce que, dans l'obscurité silencieuse de l'abri, les souvenirs l'envahissent, aussi démoralisants que ces parois de terre luisantes d'humidité qui l'entourent : son enfance, là-bas, dans son petit village d'Auvergne. Sa tante qui pleurait alors que lui s'enthousiasmait à la perspective de partir se battre, se battre pour la patrie ! Les adieux, le train qui s'éloigne, le baptême du feu, dans la plaine d'Alsace, dans ces champs de blé mûr qui ne seraient jamais moissonnés ; sa peur d'avoir à se servir de la baïonnette, l'énergie avec laquelle il avait défendu sa peau, une fois jeté dans la boucherie. L'initiation à la vie des tranchées, la boue, la vermine, ces gaz qui tuent les hommes comme des rats au fond de leur trou, l'attente terrible qui précède les combats, la Marne, les Éparges, Verdun[1] enfin, où les armées piétinaient depuis dix mois... Et cette question jusqu'alors demeurée sans réponse : pourquoi ?

À côté d'Étienne, Gaspard ronfle déjà, la bouche ouverte. La tête sur son bras replié, le jeune homme sombre à son tour dans le sommeil.

« Eh petit, réveille-toi... Bon Dieu, Étienne ! »

Étienne ouvre les yeux dans un sursaut. Gaspard le secoue sans ménagement. Tout tremble autour d'eux.

« On dirait que les Boches s'énervent. »

Les deux hommes ficellent leur paquetage et sortent de l'abri en courant. Dehors, les obus pleuvent. Le capitaine du bataillon hurle des ordres à travers le vacarme. Il y a un morceau de tranchée

---

1. Cette bataille, considérée comme la plus sanglante de la Première Guerre mondiale, a duré près d'un an, de février à décembre 1916. Elle est devenue le symbole de la résistance – les Français y ont résisté victorieusement aux attaques allemandes – et de l'horreur de la guerre.

à renforcer. Étienne s'affaire puis se tourne vers le parapet, le fusil chargé. À côté de lui, un jeune soldat est accroupi, une recrue de dix-sept ans à peine, aux joues criblées de taches de rousseur. Ses yeux lancent des regards effrayés. Soudain, il devient livide et se met à hurler.

« Maman, ne me laisse pas mourir ! Maman, aide-moi ! »

Étienne, pétrifié, le regarde un instant, puis se ressaisit, l'empoigne et le gifle brutalement. Il a le temps de surprendre le regard hébété du jeune garçon, avant qu'un obus explose non loin d'eux et les recouvre de terre. Quand il reprend ses esprits, une main charitable vient à son secours.

« Ça va ? demande-t-il au bleu, qui, grimaçant un sourire, l'aide à se relever.

— Pas de blessure, et vous ?

— Rien, heureusement, répond Étienne, mais tu peux me tutoyer, ajoute-t-il en riant.

— Si tu veux. Merci pour tout à l'heure. Je ne savais plus ce que je faisais, je crois. »

Un élan de sympathie pousse Étienne vers le jeune garçon qui n'ose plus le regarder, rouge et gêné. Il pose une main sur son épaule osseuse.

« Je suis passé par là moi aussi. Comment t'appelles-tu ?

— Alban. Et toi ?

— Étienne. »

Ils rejoignent ensemble leurs camarades. Le bombardement a cessé. On évacue à l'infirmerie l'unique blessé, un caporal, et on regagne les abris. Étienne se tourne vers Alban.

« Allez, dit-il, songe qu'on n'a plus que demain matin ; après, c'est huit jours de réserve.

— Je vais essayer de dormir, réplique Alban en souriant. Bonne nuit, Étienne. »

Et il s'éloigne dans l'obscurité, silhouette chétive entre les deux hauts murs de la tranchée.

2

Novembre 1916

La réserve a été établie dans une ferme abandonnée. Étienne et ses camarades y parviennent sous la pluie, en début d'après-midi, après une longue marche à travers le plateau ravagé. Là, le paysage est encore pratiquement intact. Tandis que les soldats s'entassent dans la grange, à l'abri, en attendant la soupe, on effectue la distribution du courrier. Il y a un colis pour Étienne. Cabossé, remballé, reficelé, bref, marqué par son passage au service de censure des Armées, mais un colis tout de même ! Fébrile, bourré de coups de coude par ses camarades, Étienne coupe les ficelles, arrache l'emballage cartonné, dévoile ses trésors : des mouchoirs, des gants, une couverture, un gros pain, un saucisson, de la confiture de pommes, et une lettre de sa marraine. Mais déjà on le bouscule : le repas va être servi. À contrecœur, Étienne range le paquet dans son sac.

Le déjeuner est mauvais. Quelques morceaux de légumes nagent à la surface d'un bouillon couleur d'urine, la viande est dure et âcre, il n'y a ni pain ni vin. Généreusement, le jeune homme pose devant lui le pain, le saucisson et la confiture de sa marraine, bien vite imité par les soldats qui ont reçu un colis comme lui. Ce repas médiocre devient finalement le meilleur qu'ils aient fait depuis longtemps ; au dessert, ils dansent et chantent en chœur *La Madelon*.

Le festin terminé, Étienne rejoint Alban qui graisse son fusil, adossé au mur de la ferme défoncé par un récent bombardement.

« Salut, camarade. Bien remis de tes émotions ?

— Ça peut aller », répond le jeune bleu, dont les joues s'étirent dans un grand sourire.

Étienne s'assoit à côté de lui en réprimant une grimace de douleur : après deux semaines passées dans l'humidité, ses muscles raidis lui font savoir qu'ils se réveillent.

Il a acheté un peu de tabac à la boutique de la réserve. Il roule une cigarette et l'allume du premier coup, conscient du regard d'Alban fixé sur lui. Posément, il cale son dos contre le pisé effrité et se tourne vers son compagnon.

« Tu viens d'où, au fait ?

— De Bretagne ; mes parents ont une ferme.

— Moi aussi je suis de la campagne. D'Auvergne. »

Le silence retombe, lourd, pesant. Alban a rangé son arme. Il regarde le ciel, au-dessus d'eux, où s'ébattent en croassant une volée de corbeaux. La pluie a cessé durant le repas. Maintenant, le soleil apparaît entre deux nuages gris, et, timidement, éclaire le paysage : les prés et les bois de hêtres qui entourent la ferme, la route et, plus loin, le plateau pilonné, désertique du front. Un parfum d'herbe mouillée et d'excréments monte de la terre dans l'air froid. À côté d'Étienne, Alban est toujours immobile, les yeux tournés vers le ciel.

« Tu en penses quoi, toi, de la guerre ? lui demande Étienne brusquement. Est-ce que tu sais au moins pourquoi on se bat ?

— Je crois, réplique sans hésiter le jeune garçon,

comme s'il s'attendait à cette question, je crois simplement que c'est un devoir à rendre à la patrie.

— Rien de plus ?

— Rien de plus.

— Tu ne cherches pas à connaître la raison de cette... (La voix d'Étienne s'étrangle)... de cette connerie ?

— Mais la patrie était en danger ! Alors notre devoir était – et il est toujours – de la défendre. C'est tout. Dans cette guerre, je veux sauver la paix de ma conscience, plus que ma peau. Tu... tu comprends ? »

Les larmes sont venues aux yeux d'Alban tandis qu'il parlait. De grands yeux bruns d'enfant qui ont déjà trop vu de la vie, de ses terribles vérités, de ses souffrances. Étienne le regarde longuement. Il revoit le garçon qu'il était deux ans auparavant, monter dans le train avec ses camarades, la tête pleine de chansons, fier de son uniforme rouge et bleu et de son fusil tout neuf. Ce garçon, c'était un Alban parmi d'autres.

« Tu es croyant ? demande-t-il doucement.

— Je prie chaque jour pour que Dieu ait pitié de nous, qu'Il nous protège et nous aide ! Et toi ?

— Oh moi... »

Étienne tapote la crosse de son fusil.

« Pour nous en sortir ici, c'est en ça que je crois ! »

Alban sourit sans répondre. Étienne se lève, ramasse son paquetage, jette sa cigarette.

« Je vais me balader un peu. Tu m'accompagnes ?

— Je dois écrire à ma famille.

— Alors à tout à l'heure. »

Étienne s'éloigne sur le sentier qui serpente derrière la ferme en direction des bois. Alban a sorti un crayon, du papier et des enveloppes de son sac et s'est mis à écrire. Au fond, Étienne est content qu'il ait décliné son offre. La lettre de sa marraine, glissée entre les pans de la couverture qu'il a repliée et rangée dans le colis, attend d'être ouverte. Et il a envie de la lire seul, loin des plaisanteries et des regards curieux... pour se sentir plus proche d'elle.

Peu à peu, la rumeur du camp s'assourdit, fait place aux gazouillis des oiseaux. Étienne pénètre dans le petit bois de hêtres, marche sous les branches dénudées des grands arbres, respire à pleins poumons l'odeur des feuilles mortes qui tapissent le sol, si douce aux narines comparée à celle de la mort qui empoisonne ses vêtements du matin au soir. Il atteint bientôt une grande clairière. Le soleil a finalement gagné son combat contre les nuages et baigne les herbes folles d'une tendre lumière.

Étienne s'installe sur une souche d'arbre, à la lisière du pré, défait une nouvelle fois son paquetage, en retire le colis et la lettre de sa marraine. Les doigts tremblants d'émotion, il déplie un des mouchoirs brodés à ses initiales, le porte à sa bouche, l'embrasse tendrement avant de le glisser dans une poche de sa vareuse. Puis il essaie les gants qui s'avèrent lui aller à la perfection, caresse la couverture, frotte la laine duveteuse contre ses joues, et arrive enfin à l'essentiel : la lettre. Les yeux fixés sur l'enveloppe où une main mystérieuse a tracé son prénom à l'encre, d'une belle écriture penchée, il soulève le rabat déchiré – maudite censure[1] ! – et en extrait une grande feuille pliée en quatre.

Cher Étienne,

J'espère que le contenu de ce colis répondra à vos besoins, comme vous ne m'avez rien dit de ce qu'il vous plairait de recevoir dans votre

---

1. Les lettres des soldats et de leur famille étaient lues par des comités de censure. Ces comités s'assuraient qu'elles ne contenaient pas d'allusions trop précises à des faits de guerre qui auraient pu démoraliser l'arrière ou susciter la révolte chez les soldats. Évidemment, ces mesures gênaient les rapports entre les soldats et les familles : ils ne pouvaient pas correspondre librement, sous peine de sanctions.

précédente lettre. Ne me cachez rien de ce qui pourrait vous soulager. Sachez que je m'inquiète pour vous, et que je ne veux pas vous savoir tourmenté par des choses que vous auriez besoin de confier à quelqu'un. Je vous en conjure, faites attention à vous. Encore une fois, sachez que pas un instant ne passe sans que je pense à vous. Je vous embrasse bien fort.

Marie-Pierre

Étienne lit, relit cette missive chaleureuse, qui, soudain, redonne un sens à sa vie. Il sort des feuilles et un crayon de sa pochette de correspondance ; comme chaque fois, il veut lui répondre tout de suite, lui dire son bonheur. Et, comme chaque fois, son élan se brise net devant le rectangle blanc. Désespérément, il cherche ses mots : *Chère Marie-Pierre, je vous remercie d'avoir pensé à moi... Je vous remercie pour votre lettre et votre colis...* Non, non, ça ne va pas ! Est-ce que c'est la réponse d'un homme reconnaissant ? Elle va croire que sa correspondance le laisse indifférent, qu'il se moque de ses attentions. *Chère Marie-Pierre, je vous remercie du fond du cœur pour tout ce que vous faites pour moi...* Étienne respire. Voilà qui est mieux. *Les vivres sont les bienvenus en cette période...* De nouveau, il s'interrompt. Serrés tout en haut de la page, les mots ont une allure solennelle et convenue qui lui déplaît. Et les trois quarts de la feuille sont encore vierges... La sueur perlant sur son front, Étienne se penche à nouveau sur la lettre. Des bribes de sa conversation avec Alban tourbillonnent dans sa tête, mêlés aux souvenirs de la matinée et à ceux, lancinants, des jours et des mois passés. La vie, la mort... Et les mots lui viennent soudain, tout naturellement.

La terre me paraît tellement étrange. Elle donne l'impression qu'elle était telle qu'on la voit aujourd'hui avant que les hommes apparaissent, et qu'elle ne changera jamais. Que nous survivions ou pas à cette horrible guerre, la terre hachée par les obus se couvrira à nouveau d'herbe et de fleurs, d'arbres et de haies. Je regarde le ciel livide et les prés encore verts qui s'étendent de chaque côté de la route sur laquelle j'avance malgré moi, et je me dis que l'homme est finalement bien seul. Cette guerre finira-t-elle un jour ? Retrouverons-nous notre foi et notre humanité ? Je vous embrasse, vous qui me comprenez si bien.

Étienne

Finalement, il est plutôt content de sa lettre. Il la plie en quatre, la glisse dans une enveloppe sur laquelle il a préalablement écrit l'adresse de sa marraine Marie-Pierre. Elle a un joli prénom. « Je me demande si elle lui ressemble. Arrête ! Gaspard t'influence un peu trop à mon goût, mon gars. »

Satisfait, encore tremblant d'émotion, Étienne rassemble ses affaires et reprend la route du camp. Derrière lui, le soleil énorme et rouge disparaît dans les nuages du couchant.

3

Décembre 1916

Étienne regarde la nuque raidie de Gaspard devant lui. Contre son bras, Alban halète, les yeux écarquillés. C'est le baptême du feu pour le jeune Breton. Un baptême du feu dont il se souviendra. S'il y survit. Les Allemands ont répliqué aux coups de canon de 75 par un tir de barrage sans merci. L'assaut se fera sous une grêle d'obus.

Le ciel tournoie au-dessus de la tête d'Étienne : les nuages noirs de la nuit qui s'installe, le jaillissement des fusées éclairantes, la terre soulevée par les éclats rouges des projectiles, la fumée… Il ne pense plus à rien. Son œil est fixé sur la main du capitaine qui commande l'assaut. Elle se lève…

« Joyeux Noël, les gars ! » crie Gaspard.

Ce sont les dernières paroles qu'il entend prononcer avant de s'élancer dans l'enfer de cette veillée de Noël 1916.

Des images fugitives défilent devant ses yeux. Les semelles de ses godillots mordant la terre, les têtes émergeant du parapet, les capotes sombres des hommes avançant devant lui… Il a l'impression que ses tympans vont éclater. Il court dans la fumée, le cerveau anesthésié, incapable d'éprouver la moindre sensation. Il marche dans les cadavres des soldats qui l'ont précédé, trébuche sur des membres palpitants, se heurte à la mort. Il lui échappe pourtant. Comment ? Il ne sait pas. C'est un combat de tous les instants, un combat qu'il lui faut gagner, peu importe de quelle manière. Il culbute dans la tranchée ennemie, se retrouve face à face avec un Allemand surpris qui le met en joue ; plus rapide, il l'abat à bout portant. Il enjambe le corps, se hâte le long du boyau, assomme d'un coup de crosse un sergent qui sort de l'infirmerie, le pistolet levé, fait taire les appels des blessés en leur jetant deux grenades. Des camarades le rejoignent baïonnette au poing, pour le « nettoyage ». Étienne les laisse achever les blessés : sans réfléchir, il s'élance hors de la tranchée, vers un tir de barrage qui se poursuit plus violemment que jamais. Les soldats autour de lui rampent sous les fils barbelés cisaillés par les sapeurs ; celui qui tente de se mettre debout est inévitablement fauché par les mitrailleuses adverses.

À bout de souffle, Étienne roule dans un trou d'obus pour boire un peu d'eau. Un camarade s'y blottit déjà, les mains pressées sur son bas-ventre ensanglanté.

« Henri ! Qu'est-ce que t'as foutu ?

— C'est ces putains de mitrailleuses... Dis, Étienne, tu vas pas me laisser crever ici ? Tu vas pas me laisser tomber, hein ? »

La grosse moustache d'Henri frémit. Ses pupilles s'agrandissent. Il se met à grelotter. « Maman, maman... » Étienne lui ôte sa vareuse, la plie en longueur et en ceinture la taille de son camarade.

« Voilà, appuie bien tes mains dessus, remonte les genoux aussi. Ça devrait stopper le sang. »

Non loin d'eux, un obus explose, déclenchant une pluie de terre. Henri se met à tousser.

« Tu y retournes ? demande-t-il à Étienne, un peu calmé.

— Il le faut.

— Dis donc, si on n'est pas morts après ça, on ira prendre un pot ensemble !

— Tu peux compter sur moi ! »

D'un bond Étienne est hors du trou, il se rue sur la tranchée, la poitrine en avant. La rage de tuer, d'en finir avec cette offensive s'est réveillée en lui, à la vue de son camarade qui souffre bien inutilement, et qui peut-être mourra le jour de Noël, le jour de l'espoir...

Il devine derrière lui des silhouettes de soldats du bataillon. « Allez, les gars ! » leur crie-t-il, et méprisant les fusils qui le mettent en joue, saute résolument dans le boyau.

Un quart d'heure durant, il tire comme un fou, épuise sa provision de grenades, achève lui-même les blessés à la baïonnette. « Je vais la foutre en l'air, leur tranchée à la con ! » se répète-t-il, les dents serrées. Dans le noir, au détour d'un boyau, il manque de renverser Gaspard.

« Alors, petit, on se balade avec de la cervelle sur les épaules ? C'est la mode ?

— Oui, c'est la mode, répond Étienne, et elle ne passera pas de sitôt. Allez, les gars ! »

Et ils partent à l'assaut de la troisième tranchée. Les tirs redoublent d'intensité. Étienne, Gaspard et les autres survivants restent bloqués à mi-chemin ; ils visent au hasard dans la fumée, amassant un peu de terre devant leur tête pour se protéger des éclats d'obus. Soudain, on agrippe la cheville d'Étienne.

« Laissez tomber ! lui crie un agent de liaison. Retirez-vous, vous n'êtes plus assez nombreux. »

Dans la deuxième tranchée qu'ils rejoignent, leur capitaine les attend aux côtés d'un Alban souriant et détendu, le crâne enrubanné à la façon d'un œuf de Pâques. La vue du jeune garçon, lentement, réchauffe le cœur d'Étienne.

« Je tiens à vous féliciter, messieurs, commence le capitaine.

— Vous plaisantez, l'interrompt Gaspard, l'œil pétillant et la barbe en bataille, les camarades et moi, on n'a fait que suivre le *caporal* Étienne... »

Les morts enterrés, les blessés graves évacués, les hommes passent le reste de la nuit à remettre en état les deux tranchées allemandes.

L'aube se lève quand Étienne rejoint son nouvel abri, une pièce sombre et froide, creusée à même la terre. Une odeur de poudre y flotte encore. Dans cette atmosphère de relative quiétude, il se sent redevenir tel qu'il est. Ce n'est plus la brute qui ne parlait que de tuer, c'est l'homme qui pleure en silence, au souvenir de tant d'horreur et d'absurdité. Le colis de Noël de sa marraine, arrivé la veille avant la terrible offensive, est posé devant lui : un pot de marmelade d'oranges, deux gros pains, plusieurs boîtes de légumes à la vinaigrette, un saucisson. Tout lui semble avoir à présent une saveur si différente...

Cher Étienne,

Je vous envoie quelques provisions, en espérant qu'elles vous parviendront intactes. Comme j'aimerais que Noël soit une trêve qui vous redonne force et espoir ! Je prie chaque jour pour vous. Quoi qu'il advienne, écrivez-moi. Je vous embrasse affectueusement.

Marie-Pierre

P.S. Ne vous gênez pas pour me demander ce dont vous avez besoin : je ferai de mon mieux pour vous le procurer.

Il lit, relit la lettre, le nez sur le papier, pour surprendre encore le parfum de lavande, dont, croit-il, elle a dû être imprégnée. Une envie subite de se confier à elle sans pudeur ni honte le prend. Elle le comprendra, comme d'habitude, il en est certain.

Chère Marie-Pierre,

Hier, mon bataillon est monté à l'assaut. Quelle misère de devoir bondir hors de la tranchée pour offrir sa chair aux machines ! Quelle misère de voir les camarades tomber à la renverse dans le boyau, touchés avant même d'avoir eu le temps d'armer leur fusil ! Quelle misère... de ne pouvoir revenir en arrière.

Pour la première fois, le trait épais du crayon à encre glisse sans effort d'une ligne à l'autre. Les mots viennent tout naturellement à l'esprit d'Étienne. Ils dansent sur les lignes dans une sarabande effrénée, se chevauchent, reflets vivants de l'émotion qui l'agite. Et le jeune homme voudrait pouvoir écrire très vite, de peur d'oublier ceux qui continuent à se bousculer dans son esprit enfiévré.

Coûte que coûte nous devons marcher, baïonnette au canon... des camarades tombent avec un cri, parfois silencieusement ; un obus explose à 500-600 mètres, nous avons une pensée pour ceux qui ne se relèveront jamais et nous continuons à avancer. C'est ça la vie : on a une pensée pour ceux qui meurent et on ne s'arrête pas pour autant de respirer. Il faut sauver sa peau, du moins le plus longtemps possible. Pourquoi ? Je ne sais pas. Nous ne sommes plus des hommes, nous ne sommes pas des bêtes. Nous sommes beaucoup plus bas. Et pourtant l'instinct de vie nous habite toujours. Nous enlevons une tranchée, une deuxième apparaît aussitôt devant nous. Et nous repartons... Ce massacre me vaudra d'être nommé caporal. Je crois que, sans l'espoir que m'apporte chacune de vos lettres, je n'aurais jamais eu la force de défier la mort comme je l'ai fait. Je ne vous remercierai jamais assez de votre dévouement pour moi. En ce jour de Noël, je donnerais tout pour être près de vous. Si j'apparaissais sur le seuil de votre porte, sans que rien ait laissé prévoir mon arrivée, j'espère que vous n'auriez pas peur de votre pauvre poilu qui vous embrasse bien fort.

Étienne

Le poignet douloureux, les doigts gourds et pourtant tremblants, Étienne considère la page noircie, encore étourdi par ce déluge de mots. Puis une grande joie l'envahit et il s'endort, la joue posée sur l'enveloppe adressée à cette femme si mystérieuse : Marie-Pierre.

4

Décembre 1916

« Petit, une lettre de ta tante ! crie Gaspard.
— Pas le temps, souffle Étienne, pose-la dans la cagna[1], je la lirai en rentrant.
— Je vois. Si elle s'appelait Marie-Pierre, t'aurais peut-être du temps... »

Après deux heures de sommeil, une toilette succincte et un rapide casse-croûte – café et biscuits

---

1. C'est le nom qu'utilisaient les soldats entre eux pour désigner les abris creusés dans les tranchées où ils trouvaient refuge hors des périodes de combats, et où ils se reposaient.

rances, compensés par une large tranche de pain à la marmelade d'oranges de sa marraine –, Étienne a demandé une permission d'une heure pour rendre visite à son blessé, Henri.

Il part d'un bon pas, rejoint la route défoncée, coupe à travers les grandes étendues de terre gelée du plateau, en direction du hangar abandonné où a été établi l'hôpital de campagne. Dormir un peu lui a fait du bien. Il se sent frais et dispos et considère avec joie le soleil qui se lève sur la ligne du front ; une belle matinée d'hiver s'annonce, qui ne rappelle en rien les traditionnels Noëls sous la neige.

L'hôpital a été rempli par les blessés de la nuit. Étienne avance au hasard entre les rangées de paillasses entassées contre les murs humides du hangar où, dans une odeur de sanie et d'alcool, des blessés de toutes sortes attendent qu'on s'occupe d'eux. Empêtré dans ses draps, un cul-de-jatte hystérique hurle « On les aura ! » ; un autre soldat est allongé sur le dos, immobile, bandé des pieds à la tête comme une momie. Étienne évite de justesse une infirmière qui aide un homme à s'asseoir. Désorienté, gêné par les regards envieux et intrigués qu'il sent peser sur lui, il se décide finalement à attirer l'attention d'une infirmière qui le mène à la couche d'Henri.

« Les médecins pensent qu'il s'en tirera ; il devrait être remis sur pied d'ici une à deux semaines. Ne restez tout de même pas trop longtemps, il ne faut pas le fatiguer.

— Ça alors, Étienne ! s'écrie Henri. Tu m'as donc pas oublié ? »

Le jeune homme sourit à la vue de son camarade, bordé jusqu'à la moustache, tel un enfant sage.

« Rien de grave ?

— Non. Ton pansement a dû aider, je me croyais plus amoché que ça. Raconte-moi hier... »

Étienne s'assoit au bord du lit et relate la prise de la deuxième tranchée allemande, ainsi que la tentative de percée vers la troisième. Henri écoute attentivement.

« Dis donc, ils vont te récompenser pour ça, au moins ?

— Demain, je suis nommé caporal, avoue Étienne, qui se sent rougir. En plus, on va tous être décorés...

— Si c'est pas un cadeau de Noël, ça ! siffle son camarade. Écoute, il faudra vraiment qu'on fasse une fête... »

Étienne hoche la tête, ému. Il pense à tous ceux qui n'en seront pas... Mais Henri a remarqué les gants avec lesquels il jongle nerveusement.

« D'où tu tiens ces merveilles ?

— Ça ? Oh ! »

De nouveau il se trouble, bégaie :

« Ma marraine, elle me les a envoyés au début de l'hiver.

— Je m'en doutais. »

Henri gigote pour sortir un bras de dessous les draps et frapper amicalement l'épaule de son camarade.

« Tu ne t'es pas encore décidé à voir sa figure ?

— Ce... Ce n'est qu'une correspondante.

— Allons, je suis sûr que tu n'arrêtes pas d'y penser. Commence par lui demander une photo, allez, lance-toi.

— Je n'ose pas.

— Envoie-lui une photo de toi, alors.

— Non, non, Henri, n'insiste pas, je ne ferai rien de tout ça. »

Henri roule des yeux indignés et veut répliquer quelque chose mais il s'interrompt, pétrifié.

Dans un lit voisin, un blessé est victime d'une soudaine hémorragie. Aussitôt les infirmières se précipitent, des linges plein les bras. Un médecin les rejoint. Ils discutent longtemps à voix basse ; soudain, des brancardiers s'avancent, chargent le corps sur une civière et l'emportent au-dehors.

« Décidément, je suis un chanceux, murmure

Henri en tapotant son ventre de son bras libre. Tu pars ? demande-t-il à Étienne qui s'est levé.

— Oui, répond rapidement le jeune homme, on a beaucoup à faire là-bas. »

La vérité est que, le cœur gonflé de pitié, il ne peut plus supporter l'atmosphère de cet hôpital, la menace de mort qui y plane, malgré toute l'ingéniosité qu'on déploie pour la chasser.

Dehors, Étienne s'emplit les poumons d'air frais. Le relent de poudre et de charnier qui le prend à la gorge n'a rien de comparable avec l'odeur d'espoir déçu qui règne dans ce misérable hôpital improvisé qu'il vient de quitter.

Son retour dans la tranchée est accueilli par les cris de ses camarades.

« Passe-lui ses photos, il va rigoler ! »

Le photographe de la compagnie est là, il a apporté les développements des épreuves prises en réserve un mois et demi auparavant. Gaspard fourre celles d'Étienne dans les mains du jeune homme.

« N'oublie pas d'en envoyer une à ta dulcinée ! »

Étienne croit rêver. Henri et Gaspard ne se sont tout de même pas donné le mot ! Il regagne son abri pour examiner les photos à son aise. Il y en a trois : sur la première, il pose avec sa compagnie contre le mur de la ferme ; sur la deuxième, il fait sa toilette aux côtés de quelques camarades ; sur la troisième, il est seul, assis à l'entrée de la grange. Il se souvient de cette journée. Il faisait beau et une douce brise soufflait. Si les arbres alentour n'avaient pas été dénudés, on se serait cru au printemps. Étienne repousse les photos sur sa paillasse. La lettre de sa tante est posée à côté de lui ; vivement, il ouvre l'enveloppe.

Cher neveu,

J'ai bien peur de ne pas être très longue : un terrible rhume m'a attrapée, cela fait une semaine que je garde la chambre, Marthe s'occupe des bêtes à ma place et range la maison. Je suis affreusement désolée de n'avoir pu t'envoyer de colis mais tu m'obligeras en me disant bien vite tout ce dont tu as besoin, que je ne manque pas le coche une seconde fois ; mais ta marraine a peut-être déjà fait le nécessaire ? Est-elle toujours gentille avec toi ? N'es-tu pas trop malheureux loin du village ? T'amuses-tu quand même un peu avec tes camarades ? Je me fais un sang d'encre pour toi, pas un instant ne passe sans que je prie Dieu de te garder en vie. Un de tes amis est mort il y a trois jours, dans la Somme, Jacques, je crois. C'est

Marthe qui me l'a dit. Je t'en supplie, prends soin de toi. Je dois te laisser maintenant, ma main tremble trop, déjà que le docteur m'a interdit de faire travailler mes yeux.

Ta tante qui t'aime,
Ernestine

Étienne est ému par ces phrases maladroites qui cachent tant bien que mal une angoisse profonde et il souhaite à cet instant être auprès de sa tante pour la rassurer. Il se promet de lui écrire rapidement et de demander une permission.

Gaspard se penche vers lui, à l'entrée de l'abri.

« Eh, petit, c'est l'heure du casse-croûte. Peut-être qu'ils auront fait des efforts : c'est Noël...

— Je t'avais prévenu que je ne croyais plus au Père Noël », lui dit un peu plus tard Étienne.

On leur a distribué une timbale de haricots en sauce, une tranche de pain et une aile de poulet chacun ; repas correct, à cela près que la sauce est couverte de moisissure, que le pain est rassis et que la viande est dure comme une pierre. Ils mangent pourtant avidement, debout dans la tranchée, adossés aux murs de terre. Le café, auquel on a ajouté de l'eau-de-vie, est sans doute le meilleur aliment qui leur ait jamais été servi.

L'après-midi, quelques hommes se retrouvent dans les abris pour jouer aux cartes, fumer ou discuter, d'autres font la sieste. Étienne, lui, avant de s'allonger, a voulu cacheter la lettre qu'il expédiera le lendemain à sa marraine ; au même moment, ses yeux sont tombés sur les photos qu'il a posées au bout de la paillasse. *Commence par lui envoyer une photo... N'oublie pas d'en envoyer une à ta dulcinée.* « Pourquoi pas ? Ne sois pas idiot ; elle croira que tu veux te faire voir. Elle a peut-être envie de savoir à quoi je ressemble mais elle n'ose pas me le demander, de peur que je pense qu'elle fait preuve d'une curiosité malsaine : elle n'ignore pas que nous ne sommes pas toujours propres, moi et mes amis poilus. Et si je le faisais ? » Étienne saisit entre ses doigts tremblants la photo où il pose seul devant la grange. Il se trouve soudain bien laid, avec sa face blafarde dans le soleil, ses grands yeux bruns d'halluciné, ses lèvres trop minces et gercées, sa ridicule fossette au menton, ses cheveux filasse coupés court plutôt sales, son uniforme poussiéreux, ses bandes molletières et ses souliers marbrés de boue séchée, ses mains bêtement jointes sur les genoux sur lesquels repose son casque bosselé.

Non, il n'enverra pas de photo à Marie-Pierre.

Il lui rendra visite.

À cette perspective, le cœur d'Étienne se met à

battre très fort. Tu es naïf, mon pauvre garçon : ta marraine, c'est une petite vieille. Ou alors un laideron. Elle ne t'envoie pas de photos d'elle parce qu'elle se sait repoussante... comme toi. Et pourtant... Il revoit l'écriture fine et penchée, fragile et ferme à la fois. Il a toujours dans les narines le parfum de lavande qui enveloppe les lettres de sa marraine... C'est une petite vieille ?... Elle se sait repoussante ?... Non, je sens qu'elle n'est rien de tout cela. Et j'irai. Mais pas tout de suite. Dans quelque temps... On verra...

Étienne glisse vivement la lettre dans son sac, range le sac sous la paillasse, se rallonge, et ferme les yeux.

5

Avril 1917

« Tu en as assez ?
— Merci, je vous assure, je n'ai plus faim du tout. »
Étienne replie sa serviette, quitte la table pour aller fumer une cigarette sur le pas de la porte, une vieille habitude empruntée à son oncle. Appuyé au chambranle, il regarde la route, les vaches qui paissent dans le pré clôturé en face de lui, les arbres et les toits du village en contrebas ; dep
nière permission, en février 1916, rien n

Une douce brise souffle, agite les hautes herbes et chasse lentement les nuages vers le sud. Le printemps est bien là. Étienne se détourne et rentre dans la grande salle fraîche et obscure, où sa tante achève de débarrasser la table. Il ira dormir un peu. Il se sent très las, tout à coup.

Ernestine le dévisage en silence. C'est une petite femme alerte, solide, au gros chignon blanc et aux yeux bruns.

« Étienne, tu es allé au village, ce matin ? demande-t-elle en plongeant une assiette dans l'eau bouillante de la vaisselle.

— Oui, pourquoi ?

— Marthe m'a dit qu'elle ne t'a pas reconnu. Tu étais au café au moment où elle est venue chercher son mari.

— Ah... »

Marthe et Raymond habitent la ferme à côté de la leur. Leur fille est mariée et leurs deux fils sont morts au front, en Lorraine, au début du conflit. Depuis lors, Raymond, fou de douleur, tente de noyer son chagrin dans la boisson.

« Tu l'as vue ?

— Non. »

Avec un soupir, la vieille femme avoue ce qui la préoccupe :

« Je ne voulais pas que tu sortes. Les rues sont

désertes, tes copains sont à la guerre, ou le malheur les a frappés. C'est assez triste comme ça... »

Étienne a toutes les peines du monde à garder son calme.

« Écoutez, tatan, je ne reviens pas de ma première communion. Vous croyiez que j'allais passer ma permission à me balader de la grange à l'écurie et de l'écurie au poulailler ? Je sais que les copains sont morts, que les autres sont au casse-pipe, que les femmes pleurent, que les enfants braillent, que la vie est dure... Mais quoi ? Il faut bien la vivre, cette vie ! »

Ernestine lui jette un regard horrifié.

« Comme tu parles, Étienne ! lance-t-elle d'une voix douloureuse. Je te reconnais plus.

— Eh bien comme ça, avec Marthe, vous serez deux. J'oubliais : demain je vais à Clermont rendre visite à Paul. Ne vous inquiétez pas si je ne suis pas de retour à midi, on se sera trouvé un coin tranquille pour manger un morceau. »

Il range les dernières fourchettes dans le buffet avant de regagner sa chambre. Il ferme la porte derrière lui et se passe une main sur le front.

Elle est veuve et il sait qu'elle tient à lui comme au fils qu'elle n'a pas eu, depuis que son frère, mort d'une pneumonie dix ans auparavant, lui a confié son éducation. Mais peut-elle comprendre, la pauvre Ernestine, que rien n'est plus comme avant ? Son neveu est devenu un homme.

Les inquiétudes de la vieille femme embarrassent Étienne, qui ne trouve pas les mots pour la tranquilliser. Alors ce sont d'autres mots, violents, cruels, qu'il n'a pas voulus, qui lui échappent, et il s'en va, le visage fermé, mécontent de lui et pourtant incapable de retirer ce qu'il a dit. Soucieux, Étienne guette un bruit provenant de la cuisine. La crainte de surprendre un sanglot l'obsède. Mais la maison reste silencieuse. À demi rassuré, il s'approche de la fenêtre.

Les sillons bruns hérissés des pousses vertes du potager descendent en pente douce jusqu'à la corde à linge ; quelques draps claquent dans le vent. Étienne les considère un instant, cherchant à se représenter le jeune garçon qu'il était, aidant sa tante à étendre la lessive... Un souvenir étrangement lointain, presque irréel. Il a la désagréable impression que ses trois longues années de guerre l'ont bien changé, et c'est avec un certain malaise qu'il se réveille chaque matin à la ferme. Comme s'il y était devenu étranger... Par bonheur, il a reçu des nouvelles de cet ami de longue date, Paul, rencontré sur les bancs de l'école quand il habitait encore Clermont-Ferrand, lui annonçant qu'il a été envoyé en convalescence après avoir été gazé sur le front. Demain, il verra la ville ; cela lui changera les idées.

Satisfait d'avoir pris la situation en main, Étienne rejoint son lit et s'endort profondément, à plat ventre sur les couvertures.

Il s'est levé tôt.

« Tu es sûr que tu ne veux rien emporter à manger ?

— Donnez-moi donc quelque chose, le train ça creuse. »

Honteux au souvenir de ses paroles blessantes de la veille, Étienne prend gentiment la musette remplie de pain et de noix que lui tend sa tante. Il l'embrasse même sur les deux joues, et, tout émue, la vieille Ernestine reste sur le seuil pour le regarder partir.

Il y a dix kilomètres du village au chef-lieu. Étienne emprunte le petit train local et arrive à Clermont-Ferrand à huit heures. Le kiosque à journaux de la gare est assailli par des messieurs en costume qui veulent se tenir au courant de l'évolution de la guerre. « Bande de planqués », pense Étienne, et il se détourne, cherchant la sortie par-dessus les chapeaux de paille, les chapeaux cloches, les casquettes et les képis déformés des soldats qui reviennent du front. Ou y retournent. « À bientôt les gars ! »

Il passe à côté d'un train dont un cheminot indique la direction à l'aide d'une plaque de bois peinte : *Saint-Étienne*.

« Départ dans douze minutes ! » crie le chef de gare.

Le jeune homme s'est figé. Saint-Étienne. Il y a dans ce banal nom de ville quelque chose qui l'interpelle. Un parfum de lavande lui arrive aux narines, un parfum de mystère, d'aventure et de désir refoulé : Marie-Pierre. Hypnotisé, Étienne a oublié Paul, sa journée soigneusement organisée. Il n'a plus devant les yeux que le numéro d'une rue et le nom d'un village inconnu, et dans la tête une petite voix qui lui répète : « Dépêche-toi, tu vas manquer le train. »

Une dame pressée le bouscule, il s'excuse en rougissant, l'aide à ramasser ses affaires et se met à courir vers le guichet.

« Un billet pour Saint-Étienne, s'il vous plaît », demande-t-il, haletant.

Il empoigne le morceau de carton, reprend sa course folle en sens inverse, grimpe dans le premier wagon, trouve aussitôt un compartiment vide. Il était temps ! Le train s'ébranle, crache un long jet de vapeur, et Étienne voit le quai s'éloigner lentement, les gens immobiles, valises au poing, défiler devant lui, indifférents à cette lourde colonne de fer et de bois qui s'en va.

Le cœur d'Étienne bat à tout rompre, il sue à grosses gouttes. « Qu'est-ce que tu as fait ! Mais qu'est-ce que tu as fait ! Tu as fait ce dont tu rêvais depuis des mois, sans oser te l'avouer. Tu dois être heureux et soulagé d'un grand poids. »

Mais non, pour le moment, Étienne se sent très mal. Il relève sa casquette, avale trois fois de suite sa salive et manque de s'étrangler. Puis il se calme, ouvre la musette que lui a donnée sa tante et, entreprend de manger le pain et les noix pour passer le temps. « Tu auras toujours l'occasion de prendre un train à Saint-Étienne pour revenir à Clermont-Ferrand, si tu changes d'avis en cours de route ! » Mais quand le contrôleur poinçonne son billet, il sait qu'il n'en fera rien. Il ira voir Marie-Pierre.

La tête appuyée contre la vitre, Étienne regarde le paysage défiler devant ses yeux, les collines perdues dans la brume à l'horizon, les champs et les prés, les toits des fermes et les clochers lointains des villages. Les herbes qui ploient dans le vent comme pour le saluer, un clin d'œil du soleil sur une vitre... Bons présages ! « Tu es puéril. C'est une matinée comme les autres. » Mais il est tellement inquiet ! Que va-t-elle penser de lui ? Et si sa visite la dérangeait ? À moins que... *les marraines de guerre, ça reste des femmes, elles attendent que ça, d'ailleurs...* Indigné, Étienne secoue la tête. Elle lui sourira doucement, simplement... Elle est grande et très belle, d'âge mûr, toute vêtue de noir. Elle l'invite à entrer dans un salon meublé avec soin. Sur un petit guéridon, à côté de son fauteuil il y a la photo de son mari défunt... Ou alors... elle tient une mercerie. Il boit un café dans l'arrière-boutique en la regardant arranger les rouleaux de tissu aux couleurs chatoyantes, les dentelles, les boutons... Elle est rousse... non, blonde. Elle a les yeux bleus... un maintien élégant...

Le ralentissement bruyant du train tire Étienne de sa rêverie. À travers la vitre il aperçoit une gare inconnue. Saint-Étienne. L'angoisse de nouveau le saisit, mais sans plus réfléchir, il descend du train et se mêle à la foule des voyageurs qui l'entraîne loin du quai.

Au bureau des renseignements on lui conseille de prendre un autre train, une navette, qui le conduira directement au village de sa marraine. En route, Étienne admire le paysage verdoyant et, au loin, la chaîne des monts du Lyonnais.

La gare où il descend est déserte, il se demande un instant s'il ne s'est pas trompé. Mais non. Le nom de la localité est inscrit au-dessus du guichet fermé, en grosses lettres délavées. Dans son dos, le train repart en sifflant ; il est seul à en être descendu.

Il est midi. Espérant trouver un peu de courage dans un bon déjeuner, Étienne se dirige vers le café-restaurant de la gare.

Accoudés au bar, deux vieillards discutent autour d'un verre de Pernod. La patronne, une femme rondelette en tablier blanc, se précipite.

« Je vous sers ?...

— Le plat du jour et un pichet de vin. »

Installé à une table contre la fenêtre, Étienne déguste son saucisson chaud aux pommes de terre et s'interdit de penser. Au moment où la patronne lui apporte le café, il se décide à demander :

« La rue des Coquelicots, c'est loin ?

— Facile. Vous prenez la rue que vous voyez, là en face, de l'autre côté de la voie ; vous marchez toujours en direction du clocher. Une fois sur la place, vous tournez à gauche dans la rue de l'Industrie, et vous arrivez au quartier ouvrier. La rue des Coquelicots est indiquée.

— Merci. »

Étienne part en sifflotant, les mains dans les poches de son vieux pantalon. Il sent sa nervosité croître au fur et à mesure qu'il approche de la place. Le village ressemble beaucoup au sien ; il est deux heures et les rues sont désertes. Un merle chante, perché en haut d'un cerisier en fleur. Le soleil d'avril est doux et réchauffe les épaules raidies d'appréhension du jeune homme. C'est donc là, qu'elle habite. Dans le quartier ouvrier. Il s'était imaginé tant de choses ! Mais aucune ne lui avait semblé réellement plausible. Parce que la réalité, quelle qu'elle soit, se situe toujours au niveau humain. C'est une femme comme les autres qui m'ouvrira sa porte. Je vais être affreusement déçu. Il arrive enfin sur la grand-place, l'estomac noué. Un troupeau de vaches se presse pour boire autour d'un abreuvoir affaissé. Deux femmes discutent sur le perron de la pharmacie. Étienne, étourdi, ralentit le pas. Il a oublié ce que lui a dit la patronne du café-restaurant. Plusieurs rues partent de la place : celle par laquelle il vient d'arriver, une deuxième à droite de l'église, une troisième à gauche de la mairie, et une quatrième derrière la pharmacie. Impossible de se rappeler le nom de celle qu'il doit emprunter. Son anxiété redouble. Il se dirige vers les deux femmes qui papotent toujours devant la pharmacie.

« Excusez-moi... »

Elles se retournent. La première, grande et épaisse, porte un tablier à larges poches et des galoches éculées. La seconde, très brune, paraît beaucoup plus jeune ; elle est coiffée d'un chapeau de paille.

« Excusez-moi, je cherche la rue des Coquelicots. »

Elles le dévisagent sans retenue : que vient faire un étranger dans ce village perdu où personne ne s'arrête jamais, surtout en cette période troublée ?

« C'est simple, répond la plus vieille de mauvaise grâce, vous prenez la rue de l'Industrie (elle désigne celle qui débouche derrière la pharmacie), et quand vous arrivez au carrefour, c'est la première à droite.

— Quand on arrive au carrefour, vous dites, c'est la première... » balbutie-t-il, complètement perdu.

Il a peur d'oublier une seconde fois, peur d'avoir encore affaire à une personne aussi revêche, peur de *la* rencontrer. La jeune femme brune le dévisage avec insistance, la tête inclinée sur l'épaule.

« Si vous voulez, je vous accompagne », propose-t-elle d'une voix hésitante, c'est sur mon chemin.

Il lève les yeux vers elle, plein d'espoir, mais elle s'est détournée en rougissant. La vieille le regarde, puis regarde la jeune, les sourcils froncés.

« Venez ! lance cette dernière. Au revoir, madame Garnier, et encore merci. »

La bonne femme ne répond pas. Elle reste campée devant la porte de la boutique, les mains sur les hanches, visiblement contrariée de voir partir sa compagne avec cet inconnu.

Étienne fait quelques pas en silence au côté de son guide, s'efforçant de calmer les battements de son cœur, qui s'accélèrent irrépressiblement. Il l'observe à la dérobée. Les joues encore roses, le regard vague, la jeune femme semble perdue dans ses pensées.

« Merci, parvient-il à articuler, j'avais... Ça va vous sembler ridicule, mais j'avais tellement peur de me perdre. »

Elle lui jette un coup d'œil interrogateur.

« C'est normal, si c'est la première fois que vous venez ici.

— Oui, je rends visite à un ami. Un ami récent. C'est une surprise.

— Je comprends. »

De nouveau Étienne croise son regard. Un regard appuyé, pénétrant... Il baisse la tête, gêné. Cette compagnie le rend mal à l'aise sans qu'il sache pourquoi. Et l'appréhension lui serre toujours plus fort la poitrine, entravant sa respiration. Dans quelques instants, je *la* verrai...

Ils longent les clôtures de plusieurs petits potagers, puis parviennent à un carrefour et tournent dans la rue des Coquelicots. C'est un grand ruban poussiéreux bordé à droite de maisons bâties les unes contre les autres et à gauche d'un haut bâtiment crénelé.

« L'usine de tissage, explique la jeune femme. Nous sommes dans le quartier ouvrier.

— Ah...

— Votre ami demeure à quel numéro ?

— Euh... au 7. »

Soudain, elle a pâli.

« Au 7, vous êtes sûr ? demande-t-elle d'une voix sourde. Qui connaissez-vous à ce numéro ? »

Elle le regarde franchement à présent, elle a recommencé à le dévisager. Devant l'expression tendue du visage, Étienne est saisi d'un étrange pressentiment.

« Je...

— Comment vous appelez-vous ?

— Étienne... », répond-il. Mais sa voix se brise devant l'air stupéfait de la jeune femme.

Alors, il voit les mèches brunes éparses sous le chapeau, les yeux noirs, la peau mate, les pommettes hautes, le cou altier, la taille élancée serrée dans le tissu bleu clair de la robe, les bas noirs qui étoffent la minceur des chevilles et les jolis souliers.

« Marie-Pierre... », souffle-t-il.

Elle hoche la tête et ferme les yeux.

« Viens », dit-elle.

Elle le tire par le bras vers une petite maison dont elle ouvre la porte à l'aide d'une vieille clé usée. Il pénètre dans une pièce aux modestes dimensions, au centre de laquelle trône une grande table. Autour de la cheminée sont disposés un fourneau, un buffet de bois sculpté, une chaise à bascule et une grosse pendule. Sous l'escalier qui monte à l'étage, en face de lui, s'ouvre une petite porte de bois. Marie-Pierre ôte son chapeau.

« Installe-toi. »

Tandis qu'il s'assoit sur une chaise de bois paillée, elle se détourne et éclate en sanglots. Il veut dire quelque chose, la consoler, sécher ses larmes, mais rien ne lui vient à l'esprit, tant la rencontre a été brutale et a anesthésié toutes ses facultés de réflexion.

« C'est toi, alors..., dit-elle enfin, le nez dans son mouchoir, les yeux rouges et gonflés.

— Oui, je n'aurais pas dû venir.

— Oh si ! Je suis très... très contente. Tellement contente... »

Elle se précipite vers le buffet, en retire une boîte de biscuits, une coupe de fraises et un gros pain.

« Tiens, mange. »

Pendant que l'eau du café chauffe, elle prend place en face de lui et le regarde en silence. Il la regarde aussi, incapable de parler. Soudain, il éclate de rire.

« Qu'est-ce qu'on peut être bête, hein ? Tu as mon âge bien sûr ?

— Vingt et un ans.

— Et moi vingt-trois ; c'est égal. Qu'est-ce qu'on peut être bête ! » répète-t-il tout en remarquant qu'elle sourit, l'air ému.

Soudain, il aperçoit un gros livre posé au bout de la table.

« Tu lis ! s'exclame-t-il, admiratif.

— Chaque fois que j'ai le temps... »

Elle lui raconte qu'elle vit avec sa mère et son grand-père, qu'ils sont ouvriers à l'usine et qu'elle-même y travaille, mais le matin, dans la première équipe ; qu'elle profite de l'après-midi pour lui écrire, car il lui faut ensuite préparer le dîner de sa petite famille qui rentre tard ; et le soir, elle se couche de bonne heure.

« On a un superbe potager – c'est mon grand-père qui s'en occupe ; avec ça et la paye de l'usine, on s'en sort... »

Étienne hoche la tête, boit ses paroles, répond « oui, oui », tout à la quiétude qui l'envahit. À son tour, timidement d'abord, puis d'un ton plus assuré, il lui parle de ses études commencées à Clermont-Ferrand, sur les conseils de son père instituteur, puis abandonnées à la mort de celui-ci, de la vie chez sa tante, dans un village de montagne. Deux heures passent ainsi sans qu'ils s'en rendent compte, trop occupés à bavarder. La guerre semble si loin...

« Pourquoi n'es-tu pas venu plus tôt ? demande soudain Marie-Pierre.

— Je n'osais pas.

— Tu aurais dû. Comment pouvais-je te le proposer décemment, moi ?... »

Il rougit, conscient une fois encore de sa timidité. Son regard tombe alors sur la pendule qui fait entendre son paisible tic-tac près de la fenêtre.

« Quatre heures ! Il faut que j'y aille !

— Déjà ! »

Il rougit de nouveau.

« Je reviendrai... »

Elle insiste pour le raccompagner à la gare. Dans la rue, il sourit, fier de marcher à côté d'elle, de surprendre les coups d'œil curieux de ceux qu'ils croisent et qu'elle salue, sans le présenter. « Ils n'ont pas besoin de savoir qui je suis, pense-t-il, heureux, c'est notre secret. »

À la gare, le petit train vient juste d'arriver. Étienne se rend compte brusquement qu'il lui faut faire ses adieux : son cœur se serre, l'angoisse le reprend, douloureux rappel à la réalité. Marie-

Pierre, elle, s'est tue, l'air préoccupé. Soudain, elle lance d'une voix qui se veut enjouée :

« Tiens, prends ce flacon d'eau de mélisse. C'est ce que j'étais allée acheter à la pharmacie cet après-midi, et que je comptais t'envoyer dans un prochain colis. »

Tandis qu'il range la petite bouteille dans sa musette, s'efforçant de masquer sa nervosité par des gestes lents, il se rappelle un détail. Dans la poche de sa veste, il trouve la photo destinée à sa marraine, celle où il pose, seul, assis devant la grange ; cette photo qu'il emportait toujours partout avec lui, « au cas où »... Il la tend à Marie-Pierre.

« Un souvenir... »

Elle la regarde longuement, puis détourne la tête ; ses yeux sont pleins de larmes.

« Merci, merci beaucoup, Étienne. Je n'oublierai jamais ta visite.

— Moi non plus. »

L'émotion le submerge ; le moment est venu de monter dans le train. Un dernier signe de la main et la carcasse de fer s'ébranle, indifférente, sous les yeux de Marie-Pierre, puis s'éloigne. Bientôt la jeune femme n'est plus qu'une petite silhouette noire, immobile contre le soleil.

Dans le train qui le ramène à Clermont-Ferrand, Étienne pleure sans bruit.

Il est près de neuf heures quand il pousse la porte de la ferme. Un grand feu brûle dans la cheminée, le couvert est mis. Ernestine l'attend en tricotant, assise près de l'âtre.

« Bonsoir, tatan, la journée s'est bien passée ?

— On peut dire que ça a été. Dis donc, le harnais de Bébert s'use, il faudrait que tu ailles voir René demain.

— J'irai dès la première heure. »

Étienne ôte sa veste, l'accroche avec sa musette derrière la porte.

« Comme j'étais à Clermont, j'ai acheté de l'eau de mélisse. Depuis que j'ai eu l'estomac détraqué l'hiver dernier, et qu'un camarade m'a soigné avec ça, je préfère en avoir toujours sur moi. »

Sa tante regarde le flacon.

« Au fait, vous vous êtes bien amusés ?

— Très bien. »

Étienne se lave les mains dans la cuvette remplie d'eau contre la cheminée. Puis il s'installe à la table, déplie sa serviette pendant que sa tante lui sert la soupe. Soudain elle s'interrompt, la cuiller en l'air.

« Tu n'as pas été chez Paul, n'est-ce pas ?

— Qu'est-ce qui vous fait croire ça ? demande posément Étienne.

— Je sais que tu es un homme maintenant, et que tu n'as aucun compte à me rendre sur tes sorties, mais je n'aime pas que tu me mentes : tu n'es pas allé chez Paul.

— J'irai un autre jour, tatan. »

Ernestine observe son neveu par-dessus la soupière.

« L'essentiel est que tu n'aies pas fait de bêtises », conclut-elle très bas, comme pour elle-même.

Étienne, lui, sourit. Il a osé, enfin. Et il a connu les plus beaux instants de sa vie.

6

Mai 1917

« Allez, les gars, debout ! crie désespérément le capitaine du bataillon. Il faut y aller à présent. »

En cette nuit pluvieuse de mai, les soldats restent à l'abri dans les baraquements du camp de réserve, et refusent de reprendre la route du front. Trois ans de guerre ont fait leur effet : las du conflit et de ses absurdités, les hommes se sont joints au mouvement de révolte qui se propage dans les camps de l'arrière ; la relève des camarades qui combattent au Chemin des Dames[1] aurait dû être assurée depuis deux jours et pas un soldat du bataillon n'a quitté les baraquements.

Seul, enveloppé dans son ciré, le capitaine fait les cent pas sur le sol détrempé de la cour d'entraînement. Il s'approche d'Étienne qui fume une cigarette à l'entrée d'un cabanon.

« Étienne, décide-les, quoi ! C'est pour la France qu'on fait ça ! C'est pour notre patrie, pour nos femmes, pour nos enfants...

— Désolé, mais je suis entièrement d'accord avec les hommes. »

Il y a avec lui Gaspard, Alban, Henri et Jean, un autre camarade. Ce dernier renchérit :

« Mon caporal a raison, on en a marre de jouer les moutons qui attendent le couteau du boucher. On a fait Verdun, les Boches ont reculé ; on arrive ici, on nous dit qu'on va les avoir, que c'est presque gagné, et ils avancent de nouveau. Cette guerre, c'est n'importe quoi, nous on en a ras-le-bol. »

---

1. C'est le nom (et le lieu) d'une grande bataille de la Première Guerre mondiale. Après la victoire de Verdun, l'État-Major français pensait y écraser rapidement l'armée allemande et en finir du même coup avec la guerre. Or cette bataille s'est soldée par un échec total et de très lourdes pertes. En un mois, les offensives sur le Chemin des Dames ont fait autant de morts qu'en 1916 à Verdun. Ce massacre suscita des réactions de révolte chez les soldats qui se mutinèrent pour obtenir du haut commandement l'élaboration de tactiques de guerre plus « humaines ».

Le capitaine fait un geste d'impuissance et s'en va en grommelant :

« Il va y avoir des exécutions pour insubordination, ça je vous le promets.

— Tu crois qu'on aura gain de cause ? demande Alban à Étienne, soudain inquiet.

— Qui ne tente rien n'a rien, réplique celui-ci, il faut tenir, les copains ! »

Un peu rasséréné, le jeune garçon se roule en boule sur sa couche et s'endort. Ses camarades ne tardent pas à l'imiter. Ils sont réveillés à l'aube par le sifflet du ralliement.

« Ils nous emmerdent ! maugrée Gaspard. Si on dit qu'on n'y va pas, c'est qu'on n'y va pas. »

Il tourne le dos à l'entrée, s'apprêtant à se rendormir, mais un soldat les hèle.

« Eh, les gars, vous feriez mieux de vous magner ! Le colonel est là, il veut nous parler, à ce qu'il paraît.

— Bon, je crois que cette fois, il vaut mieux obéir.

— Y font chier ! » jure Gaspard tandis qu'ils sortent du cabanon et emboîtent le pas à leurs camarades.

En effet, sur la demande du capitaine, le colonel et trois autres officiers du régiment se sont déplacés pour visiter ce bataillon dont les hommes accomplissaient jusque-là leur devoir avec courage et succès, et tenter de remédier à l'insubordination qui y règne. Le colonel est un grand homme moustachu aux bajoues énormes et aux sourcils continuellement froncés. Nullement gêné par la pluie qui ne cesse de tomber sur la cour boueuse, il commence un long sermon, visant à rappeler les devoirs d'un soldat envers sa patrie et à les glorifier. Henri se gratte la tête ; Gaspard regarde ses godillots et marmonne dans sa barbe ; Alban est tout ouïe, la bouche entrouverte ; Étienne, lui, cherche à deviner ce qu'il va résulter de ce discours.

« Messieurs, l'honneur et la liberté de notre patrie dépendent de vous. La victoire n'est pas loin. Elle est au bout du fusil.

— Justement, mon colonel, lance un homme dans l'assistance, deux semaines de suite nous avons donné l'assaut sans relâche, et nous n'avons obtenu aucun résultat.

— Sont-ce encore des soldats qui me parlent ? s'indigne le colonel. La victoire est une chose qui se mérite. N'êtes-vous donc plus des hommes ? »

Une rumeur parcourt l'assistance.

« Facile à dire, avec la bouffe qu'on nous donne !

— Les permissions, t'en as une tous les ans, à peine !

— C'est pas lui qui va au casse-pipe, on dirait !

— Un à la fois, messieurs », hurle le colonel.

Étienne, le plus calme de tous, prend la parole.

« C'est vrai, mon colonel, notre vie n'est pas simple. La nourriture est mauvaise : le pain est rassis, les légumes pourris, la viande – quand on en a – plus dure qu'un morceau de bois, la soupe ne tient pas au ventre, et l'eau nous cause, sauf votre respect, mon colonel, de sérieuses coliques. De plus, beaucoup d'entre nous n'ont pas vu leur famille depuis bientôt un an... Et pour ne rien arranger, au feu, nombre d'opérations s'avèrent finalement inutiles : les pertes en hommes et en matériel sont déjà considérables... vous pensez que cela ne nous encourage guère ! Vous voyez aujourd'hui ce qui en résulte... Les hommes sont épuisés, ils n'ont plus le moral... »

Ses camarades l'approuvent avec force. Étienne a bien résumé la situation, ils reprennent foi en l'avenir, veulent croire qu'ils seront entendus.

« Hum, fait le colonel après les avoir tous regardés, je tâcherai, personnellement, d'arranger les choses. En attendant, obéissez aux ordres. Je veux qu'on m'apporte demain des nouvelles positives de vous, est-ce clair ? Sinon il y aura des représailles. Ce sera tout, messieurs. »

Le colonel et les autres officiers partis, Étienne et ses camarades discutent âprement de l'attitude à adopter face aux promesses qu'on leur a assuré de tenir. Certains sont d'accord pour faire confiance aux supérieurs et reprendre le combat, d'autres, comme Étienne, pensent que le colonel n'a fait toutes ces belles promesses que dans le seul but de les voir obéir, qu'il ne tentera rien en leur faveur et qu'il ne faut pas céder.

Ces derniers l'emportent finalement.

Le lendemain, ils sont réveillés par le sifflet du rassemblement.

« Mais qu'est-ce qui se passe, bon Dieu ! » grogne Gaspard.

Le colonel et ses officiers sont revenus. Ils font mettre le bataillon sur une seule ligne, et, solennellement, le colonel défile devant eux en les comptant dix par dix ; chaque dixième sort du rang. Étienne est neuvième. À sa droite, se tient Jean, le camarade qui se trouvait dans le cabanon avec ses copains, la veille. Sur un geste du colonel, sans rien dire, le regard baissé, blanc comme un linge, il rejoint les quatre soldats déjà désignés qui se tiennent debout, face au mur d'un baraquement. Étienne sait qu'il a une femme et trois enfants. Il sait aussi que Jean ne lui parlera jamais plus d'eux.

L'officier repasse, choisit de nouveau des hommes, dix cette fois, et les fait aligner devant le mur où les autres attendent, les yeux bandés. Parmi eux, Henri. Étienne voit la moustache de son ami frémir. Soudain, il réalise l'horreur de la situation.

« En joue ! »

Alban écarquille les yeux, serre les poings, blafard. Gaspard, le visage fermé, se tait.

« Feu ! »

Alban s'est détourné. Gaspard a dit quelque chose qu'Étienne n'a pas pu entendre, car les détonations ont étouffé sa voix. Il voit le colonel s'approcher des hommes inertes et ensanglantés pour s'assurer qu'ils sont bien morts.

Ils le sont.

Il regarde alors les autres soldats et claque les talons.

« J'espère que cela vous servira de leçon, messieurs. »

En regagnant, le cabanon pour préparer ses affaires, Étienne presse l'épaule d'Henri, qui, hagard, ne reconnaît plus personne. L'insubordination, en ce qui concerne leur bataillon, est bel et bien terminée.

« Cet après-midi, seize heures trente ! » lance le capitaine.

Après avoir graissé son fusil, Étienne s'installe pour écrire à Marie-Pierre. Ah, lui raconter ces exécutions, partager avec elle son sentiment d'injustice ! Depuis leur rencontre, sa gêne s'est volatilisée et c'est avec spontanéité qu'il s'exprime, et pourtant, cette fois, il hésite. Les représailles exercées contre son bataillon lui ont rappelé celles que subissent généralement les soldats trop bavards... Il s'empare de son crayon d'un geste rageur.

Ma chère Marie-Pierre,
    J'espère que tu vas bien et que tu ne te fais pas trop de souci pour ton poilu. Il se passe ici beaucoup de choses que je ne crois pas avoir le droit de te raconter, c'est la censure qui veut cela. Sache seulement que je suis en réserve et que je me prépare à retourner au front – une fois de plus ! Peut-être la guerre sera-t-elle gagnée avant l'été ? C'est ce qu'ici nous souhaitons sans trop y croire... Penser à toi me réconforte, l'espoir de te revoir un jour sous un ciel meilleur me garde en vie.

Ton poilu, Étienne

Ému jusqu'aux larmes au souvenir de la jeune femme, il embrasse la lettre et la glisse tendrement dans son enveloppe.

7

Novembre 1917

« Bon Dieu, mais c'est qu'ils s'acharnent, ces salauds ! » tonne Gaspard.

Un feu roulant d'artillerie les tient couchés, impuissants, à quelques mètres de la tranchée ennemie.

« Allons-y, les gars ! » s'écrie Étienne.

Courageusement, il s'élance avec une poignée de camarades. Leur élan est brisé net par une rafale de mitrailleuse. Étienne se jette à terre. Un camarade s'effondre sur lui, mortellement blessé ; son sang dégouline sur le visage d'Étienne, qui se dégage, suffoquant. Il était temps : la terre soulevée par l'explosion d'un obus ensevelit le corps inerte, tandis qu'elle met au jour des squelettes de soldats tués plusieurs mois auparavant.

« On aura tout vu ! » soupire Alban.

Ensemble, ils ont glissé dans un trou pour recharger leur fusil.

« Non, réplique Étienne, pas encore. »

Leurs gourdes sont vides et la soif les fait cruellement souffrit. L'âcre fumée des tirs mêlée à l'odeur de charnier qui monte du champ de bataille irrite leur gorge desséchée. Alban respire par à-coups. Soudain, il se détourne et vomit.

« Rien de grave. C'est juste l'odeur. Et puis cette bouillie de je ne sais quoi qu'on nous a servie à midi m'est restée sur l'estomac.

— T'as pas de chance, petit », répond Étienne à la manière de Gaspard.

Ils éclatent de rire. Étienne a le temps d'apercevoir les dents tachées de boue de son compagnon, puis se sent basculer, comme happé par la terre. La chute lui paraît interminable. Il ne voit plus rien, il ne sait pas s'il est tourné vers le ciel ou vers le sol.

« Reste calme. Respire lentement. »

« Alban ! »

Seul le bruit d'une canonnade lointaine répond

à son appel. Ses jambes, coincées quelque part devant lui, ne lui obéissent plus. Son bras est replié sur sa poitrine. Doucement, il le fait glisser vers le haut. Il sent la terre se répandre sur son visage.

« Je ne vais quand même pas rester enfermé vivant dans cette tombe de boue ? »

Il pense à ses camarades : Alban, le compagnon d'infortune, Henri, Gaspard... il voit déjà sa tante tomber sans connaissance sur le sol de la grande salle, à la vue du garde champêtre.

« Marie-Pierre ! » songe-t-il, avant de se mettre à appeler : « Alban ! »

Sa bouche s'emplit à moitié de terre, mais il respire encore : une poche d'air a dû se former entre le front et la lèvre supérieure. Il tente de résister à la panique animale qui s'empare peu à peu de lui. Il lui faut garder son calme, essayer d'appeler une nouvelle fois, se dire qu'il a encore une chance d'être entendu. Alors il lance un long ululement, la bouche fermée, immobile, les yeux dilatés dans le noir. La canonnade, assourdie, bourdonne toujours à ses oreilles. La boue commence à couler le long de son nez. Il poursuit son appel, de plus en plus fort, de plus en plus haut. Soudain, quelqu'un crie son nom.

« Merde, un macchabée ! C'est pourtant bien là qu'on l'a entendu ! Creuse plus à droite, je te dis. »

Étienne ouvre les yeux. Trois visages sont penchés sur lui, déformés par la lueur fantomatique des fusées et les éclairs rouges des lance-flammes, presque irréels dans ce décor d'apocalypse.

« Tu reviens de loin, petit ! » s'exclame Gaspard.

Étienne s'étrangle, la bouche pleine de terre.

« Alban ! Lui aussi a été englouti. Juste à côté de moi. Il a peut-être survécu. Il faut le retrouver !

— Bien, mon caporal. »

Ils achèvent de dégager Étienne, puis, malgré l'ordre de repli de leur capitaine, ils recommencent à creuser, à plat ventre dans la boue et les cadavres, à l'endroit où Étienne a vu le jeune garçon pour la dernière fois. Un camarade se sert d'une petite pelle, les autres grattent la terre avec leurs mains. Criblé de contusions mais sain et sauf, Étienne dirige la recherche. Des obus de tous calibres pleuvent sur eux, explosent dans un nuage de terre, vrillent les tympans.

« Laissez tomber, soupire le soldat à la pelle, découragé, y a que des morts ici, et on va finir par les rejoindre, si on continue ce manège.

— Pars si tu veux toi, répond Étienne, mais les autres restent. »

Devant l'obstination de son caporal, le jeune homme se remet à creuser.

« J'ai son pied ! hurle soudain Étienne. Regardez, là, la semelle de son godillot droit se décolle, ce matin même il m'avait parlé d'en changer !

— Eh, petit, fais pas le con, réponds-nous ! » crie Gaspard, tandis que les fouilles reprennent de plus belle.

Un râle d'angoisse étouffé leur parvient. Lorsqu'il émerge de la terre, le jeune Breton, fortement commotionné, ne les reconnaît pas.

Ramené dans la tranchée, Alban est aussitôt évacué.

*
* *

L'année 1917 s'en alla comme elle était venue, dans la boue, la vermine et les cadavres, la maladie, les alertes aux gaz et les assauts à la baïonnette.

Étienne écrivait à Marie-Pierre. Chaque jour, et encore plus souvent la nuit, lui revenait en mémoire le souvenir de leur rencontre. Se savoir si loin d'elle lui était insupportable. Il lui arrivait de se jeter à coups de poing sur le mur de son abri, maudissant Gaspard, Henri, tous ceux qui lui avaient mis en tête l'idée de connaître sa marraine. Mais comme sa vie aurait été fade aussi ! Les chimères qui le faisaient vivre avant lui paraissaient maintenant vides de sens, ridicules. Il s'étonnait d'avoir pu vivre sans connaître Marie-Pierre. Et l'espoir de revoir un jour sa marraine, lui donnait le courage de surmonter la douleur de la séparation, d'affronter les souffrances inutiles d'une guerre bête à pleurer.

Il avait gardé son secret mais les sourires tranquilles avec lesquels il accueillait à présent les plaisanteries de ses copains avaient éveillé leurs soupçons.

Un soir, alors qu'ils avaient regagné leur abri après avoir effectué leur tour de garde, Étienne, au lieu de se coucher comme les autres, s'était mis à écrire nerveusement, les joues rouges d'excitation.

« Tu l'as vue ! avait lancé Gaspard.

— ...

— Tu l'as vue et tu veux pas en parler.

— Qu'est-ce que tu attends que j'en dise ?

— Ben... Elle est jolie ? Elle est jeune ?

— C'est une femme, avait répondu son camarade, pour qui ces trois mots résumaient la chose : tout ce qu'il ne connaissait pas, tout ce dont il avait besoin !

— Ah ça, avait ri Gaspard, je m'en doute bien que c'est une femme ! Mais si tu veux pas m'en parler, j'insiste pas. Bonne nuit. »

Et deux minutes plus tard :

« Elle t'a bien reçu, ta dulcinée ? »

Cela avait été au tour d'Étienne d'éclater de rire.

« Tu ne sais donc pas fermer ta gueule, grande commère ? »

Face à son mutisme obstiné, ses camarades s'étaient peu à peu lassés de le charrier. D'autres sujets de discussion étaient nés avec l'année 1918 : tenant compte des doléances du printemps 1917, le haut commandement avait veillé à l'amélioration de la qualité des repas et accepté de rapprocher les dates de permission. Mais les Allemands avançaient. Ils avançaient tellement que tous les congés prévus pour la seconde moitié de l'année avaient été repoussés en raison de l'importance des combats. Étienne, qui attendait une permission depuis mai, ne voulait pas envisager la possibilité d'un nouveau refus. Le cœur battant, il se préparait depuis trop longtemps à revoir Marie-Pierre.

8

Novembre 1918

Mon cher Étienne,

Je me réjouis à l'idée de te revoir bientôt ; il me semble qu'il y a des années que nous nous sommes rencontrés. L'annonce de cette bonne nouvelle ne m'a pas empêchée de remarquer ton écriture tourmentée et le ton désespéré de ta lettre. Il ne peut plus rien t'arriver, maintenant que nous allons nous revoir : la guerre, la mort, ces choses-là n'ont aucun pouvoir contre le bon-

heur qui nous unit. Tu dois continuer à croire en lui, Étienne, et je sais que tu ne peux pas perdre cette foi. Je t'envoie mille baisers pour réchauffer ton cœur.

Marie-Pierre

Étienne a posé la lettre sur ses genoux et enfoui son visage dans ses mains. Si elle savait !... Ce soir, il monte en ligne. Comment pourrait-il encore y avoir de l'espoir ?

Une pierre roule derrière lui. Henri lui tape sur l'épaule.

« Alors mon caporal, ça va pas ?

— J'ai vu le capitaine ce matin. Ma permission est refusée pour la troisième fois. Ça cogne trop dur, à ce qu'il paraît. Ils ont besoin de tous les hommes valides.

— Je sais. Et cette nuit, on fera de la chair à pâté avec les culs boches.

— À moins qu'ils ne fassent de la chair à pâté avec les nôtres.

— Ça serait pas du premier choix ! J'ai bien maigri de sept ou huit kilos depuis le début de la guerre, et maintenant, j'ai du cuir à la place des fesses.

— Ça va être la fête », soupire Étienne.

Henri le regarde, étire ses joues creuses en un sourire qui se veut rassurant.

« Allez, mon caporal, l'armistice n'est pas loin. Et la victoire, par la même occasion.

— ... Les bruits qui courent ?

— Plus que des bruits, une certitude. »

Henri se lève, s'étire bruyamment. Le camp, un moulin abandonné en bordure de la Meuse, est calme en cet après-midi ensoleillé de novembre. Le clapotis de l'eau, porté par un léger vent du nord invite à flâner. Autour du bâtiment, les soldats dorment, préparent leurs armes, écrivent à leur famille en attendant le signal du ralliement.

« Dis donc, tu sais que le camarade breton s'est ramené, poursuit Henri, c'est un homme à présent !

— Pauvre garçon, il est revenu pour ça... »

Étienne se lève, rassemble ses affaires, glisse la lettre de sa marraine dans la poche gauche de sa vareuse. « Si tu savais, Marie-Pierre, ça va être la boucherie ce soir. »

Les hommes du bataillon qu'ils doivent renforcer les accueillent avec des sourires las. Ils sont sales, épuisés : après deux semaines de combat, ils n'ont pas avancé d'un pouce. Les Allemands ont concentré leurs dernières forces dans le secteur, et menacent de contre-attaquer.

Vers minuit, les hommes se regroupent près du parapet. Des salves d'artillerie se déversent depuis un quart d'heure sur les tranchées allemandes, pour leur préparer le terrain. Étienne regarde, hébété, les sacs de sable et les poutres de bois voler en éclats, et se mêler au tourbillon macabre des corps déchiquetés par les explosions. Des hurlements montent de cet enfer qu'ils vont bientôt rejoindre.

« En avant ! » crie le capitaine.

Silence.

Il se retourne, surpris : personne ne lui a obéi. Un pan de tranchée vient de s'écrouler, emportant trois hommes. À leur tour, les canons ennemis sont entrés en action. Étienne voit les lèvres de Gaspard remuer : « Bon Dieu, mais qu'est-ce qu'ils font ? »

À une centaine de mètres devant eux, les Allemands viennent de bondir hors de leur tranchée et s'élancent vers eux sous les bombes de leur propre artillerie. Beaucoup tombent, touchés par les éclats d'obus ou les balles françaises, mais il en surgit d'autres, toujours plus nombreux. Dans la tranchée, les hommes ont fini par abandonner leur fusil.

« Ma baïonnette, vite... Tiens, en voilà un qui a une pioche... Et les pelles, il n'y en a plus ? Adieu, camarades, c'est peut-être la dernière... »

Les Allemands ont franchi le parapet. Dans le vacarme des explosions et des cris, les nuages de terre et de fumée, ils avancent. Certains chantent à tue-tête, l'air égaré et le regard fou.

« Tenir... »

Henri vacille. Le sang ruisselle sur son visage, tandis qu'il titube, les mains tendues vers l'ennemi, comme pour lui reprendre la vie qu'il vient de lui ôter. Un Allemand se jette sur lui, l'achève d'un coup de baïonnette. Son cadavre est piétiné par les bottes de ceux qui avancent toujours.

« Vivre... »

Gaspard tombe à la renverse, atteint par une balle.

« Attends un peu, salaud... »

L'explosion de la grenade fauche l'Allemand qui se jetait sur lui. Gaspard a roulé dans la boue, la barbe ensanglantée.

... Encore quelques instants.

Étienne rejoint les survivants sur le talus effondré ; en vain, ils noient la tranchée dans la fumée des grenades. Les Allemands progressent toujours...

« Repliez-vous ! » crie le capitaine.

Soudain, Étienne trébuche. Une douleur électrique l'a traversé du genou à l'aine. Il essaie de courir pour rejoindre ses camarades qui sont loin déjà, mais sa jambe gauche ne lui obéit plus. Étourdi, il se laisse tomber dans un trou. Au même moment, des obus de 75 se mettent à pleuvoir sur la tranchée qu'ils viennent de quitter.

Cette fois, il le sent, c'est bien la fin. Il n'a plus d'eau, plus de vivres, plus rien. Après avoir beaucoup saigné, sa jambe s'est raidie, enflée. Possédé par la douleur lancinante qui cisaille sa chair meurtrie, il ne sait plus s'il fait jour ou s'il fait nuit. Au-dessus de lui, le ciel est continuellement éclairé par les rougeoiements mortels des bombes. Il lui semble qu'on se bat sans interruption depuis des semaines. Il guette une accalmie pour appeler les brancardiers : en vain. Sans cesse, il voit Gaspard et Henri marcher à sa rencontre, sans cesse il les entend l'appeler.

« Je vous rejoins ! » leur crie-t-il.

Aussitôt Marie-Pierre apparaît, tend les bras vers lui.

« Il ne peut pas t'arriver malheur maintenant. »

Alors il cherche sa gourde, ne la trouve pas, panique et finit par se résigner. Plus tard pourtant, il découvre, accroché à la ceinture d'un cadavre qu'une récente explosion a mis au jour, une gourde remplie d'eau brunâtre. Il la boit toute et s'endort, persuadé de ne plus jamais se réveiller.

Et pourtant il s'éveille. Les combats ont cessé. Le ciel est bleu, sans un nuage. Un vent froid balaie le champ de bataille. Deux hommes discutent non loin de lui. Il lève le bras et appelle d'une voix faible :

« Brancardiers, brancardiers... »

Ce sont deux soldats d'un bataillon inconnu. On est au matin du 10 novembre. En deux jours et trois nuits, pendant qu'il agonisait au fond de son trou, le front a avancé de plusieurs kilomètres. Les ennemis bloquent la route, rendant impossible toute évacuation vers un hôpital. Étienne est ramené à son bataillon, ou du moins, à ce qu'il en reste. Le capitaine et les camarades de sa compagnie l'accueillent avec des exclamations de surprise : ils le croyaient mort, disparu comme tant d'autres. Le médecin lui donne les premiers soins ; plus tard, installé dans le petit abri obscur qui porte le nom d'infirmerie, la jambe solidement bandée, il se régale d'un ragoût de mouton récupéré dans une tranchée allemande.

« Étienne ! »

La bouche pleine, le jeune homme lève les yeux. Un soldat qu'il ne reconnaît pas se tient à l'entrée de l'abri et lui sourit, l'air joyeux.

« Ça alors, tu fais comme moi le jour où vous m'avez déterré, les copains et toi ?

— Alban ? »

C'est bien lui. Il a grandi, grossi. Son visage fatigué, criblé de cicatrices blanchies, n'a plus rien de juvénile. Ils se serrent la main, trop émus pour prononcer un seul mot. Alban s'installe gauchement à côté d'Étienne.

« Tu ne m'en veux pas si je fume ?
— Tu plaisantes, non ? »

Les yeux d'Étienne brillent de larmes contenues. Alban sort une cigarette de son étui de carton, l'allume, sourit.

« On n'en a plus pour longtemps. D'ici un ou deux jours, l'armistice est signé.
— C'est vrai ?
— Tu vas tenir le coup, Étienne, tu promets ? »

Le regard d'Alban est plein d'espoir. Il presse l'épaule d'Étienne comme s'il voulait lui transmettre un peu de sa force, de sa volonté.

« Écoute, petit... (Étienne secoue la tête.) Voilà que je me mets à parler à la façon de Gaspard... Tu sais à quel point j'aurais aimé qu'Henri et lui soient de la fête, reprend-t-il d'une voix tremblante.

— Ils en seront, Étienne, ils en seront. Ces braves cons... »

Ils se sourient.

« Et tous les autres, et nous aussi, morts ou vivants », ajoute Étienne.

Il le sait, maintenant. En l'appelant sans cesse alors qu'il était aux portes de la mort, Marie-Pierre l'a sauvé. Il ne mourra pas. Il a repris espoir, parce qu'elle lui a transmis tout son amour, toute sa volonté et sa foi en la vie, parce qu'il l'aime enfin, et qu'il a besoin de la revoir et de la savoir toujours auprès de lui.

« Alban, donne-moi la lettre qui est dans la poche gauche de ma vareuse. »

La lettre est sale, flétrie, usée par trois jours de guerre et de souffrances, mais les mots sont là, intacts, couchés sur la feuille, immortalisés par l'encre, porteurs de vie et de bonheur, de tout ce qu'il n'attendait plus de l'existence, de tout ce qu'il en attendra désormais. La soirée durant, il la garde contre son cœur. Toute la nuit, une nuit calme, sans bombardements, sans cris, Alban et lui veillent en silence, et il sent le papier se réchauffer doucement sur sa poitrine. Au petit matin, le garçon part aux nouvelles. Une sourde agitation règne dehors : les Allemands se sont enfuis, le plateau est désert.

« Alors, mon gars, prêt pour aller à l'hôpital ? demande le médecin à Étienne en entrant dans l'infirmerie.

— Prêt, répond Étienne. Je pourrais même m'y rendre à pied, si vous voulez. »

Le médecin rit de bon cœur.

« Je sais que tu en as vu d'autres, mais cette fois, je préférerais te voir te reposer. »

Des brancardiers viennent le chercher, l'installent avec d'autres blessés sur une petite charrette tirée par un cheval amaigri.

« Ça va ? s'inquiète Alban qui l'a accompagné pour lui dire au revoir.

— Je n'ai jamais été mieux. »

Et c'est vrai. À l'est, le soleil émerge des nuées. Quelques oiseaux chantent, perchés çà et là sur les branches d'un arbre solitaire.

Il est onze heures.

Le Livre de Poche s'engage pour l'environnement en réduisant l'empreinte carbone de ses livres. Celle de cet exemplaire est de :
150 g éq. CO₂
Rendez-vous sur
www.livredepoche-durable.fr

« Pour l'éditeur, le principe est d'utiliser des papiers composés de fibres naturelles, renouvelables, recyclables et fabriquées à partir de bois issus de forêts qui adoptent un système d'aménagement durable. En outre, l'éditeur attend de ses fournisseurs de papier qu'ils s'inscrivent dans une démarche de certification environnementale reconnue. »

Édité par la Librairie Générale Française - LPJ
(58 rue Jean Bleuzen, 92178 Vanves Cedex)

Composition Jouve
Achevé d'imprimer en Espagne par CPI
Dépôt légal 1re publication octobre 2014
26.2225.5/03 - ISBN : 978-2-01-002352-1
Loi n° 49-956 du 16 juillet 1949 sur les publications destinées à la jeunesse
Dépôt légal : août 2016